GRÃOS
DE
PRATA

Cristina Mira

GRÃOS DE PRATA

LARANJA ● ORIGINAL

Ser como o rio que deflui
Silencioso dentro da noite.
Não temer as trevas da noite.
Se há estrelas nos céus, refleti-las.
E se os céus se pejam de nuvens,
Como o rio as nuvens são água,
Refleti-las também sem mágoa
Nas profundidades tranquilas.

Manuel Bandeira

O rio, 1948

Água do meu Tietê,
Onde me queres levar?
– Rio que entras pela terra
E que me afastas do mar...
É noite. E tudo é noite. Debaixo do arco admirável
Da Ponte das Bandeiras o rio
Murmura num banzeiro de água pesada e oliosa.
É noite e tudo é noite. (...)

Mário de Andrade

A meditação sobre o Tietê
Lira Paulistana, 1945

AGRADECIMENTO

Aos meus tios Waldemar Salgado Moreira (in memoriam) e Antônio Salgado Moreira, fotógrafos amadores, pelo esplêndido acervo de fotos que motivou a escrita deste livro.

Para as mulheres, homens e crianças
que habitavam aquela várzea

Sumário

Grãos de prata 16

Água de beber 42

Pé-de-Anjo 50

A senhora da Luz

Centro da cidade, uma alameda de casarões desocupados. As janelas brilham com reflexos de cristal. Portas de madeira de lei entalhadas, abertas. Tudo pronto para uma grande festa, mas não há convidados.

A mulher observa sua própria sombra projetada nos paralelepípedos enquanto caminha pela rua mergulhada em silêncio. Tem a impressão de ouvir passos. Volta-se e não vê nada. O coração acelera, empalidece de medo. Novamente ouve o som de passos e desta vez uma gargalhada. De trás da coluna de mármore salta Carolina. Cabeça envolta num lenço estampado, saia rodada na altura dos tornozelos, descalça. A blusa azul exibe os braços fortes. Carrega uma lanterna acesa e aponta para o rosto da mulher, ofuscando a visão.

— Pode correr que eu te pego!

A mulher acelera o passo e começa a correr. Está apavorada. Pensa em se refugiar num casarão, mas muda de ideia.

Carolina parece animada com a perseguição. A saia ondula ao vento no jogo do corpo. Ela se diverte com o jeito assustado da mulher.

— Pode correr que eu te pego!

As duas atravessam passarelas vazias e viadutos desertos. Cruzam a Estação da Luz, o Bom Retiro, descem a avenida Tiradentes.

A mulher percebe que a corrida não vai mesmo ter fim e começa a perder o medo. Carolina se aproxima. O que era uma ameaça vira uma brincadeira de criança com gritos e risadas, um balé improvisado, um pega-pega. Carolina alcança a mulher e segura seu braço, ambas, ofegantes, param para olhar o céu. Estão no beiral da ponte das Bandeiras sobre o rio Tietê.

— Gostaria de recortar um pedaço do céu para fazer um vestido — diz Carolina Maria de Jesus.

A mulher sorri e pergunta:

— O que você quer de mim?

— As histórias daquele lugar.

Grãos de prata

Antônio e Maria levantaram às quatro da madrugada. Tinham combinado ir até Sales de Oliveira. O frio cortava. Ao sair da casa, ainda sob o alpendre, eles viram. É uma estrela de rabo! Riram, ele e Maria, enquanto um silêncio grande os rodeou a ponto de ouvirem a própria respiração. Não deu tempo de sentir medo porque a estrela de cabeleira sumiu na abóbada do céu. O mundo vai acabar, Antônio? Bobagem, o mundo só acaba pra quem morre. Subiram na carroça puxada por um cavalo que resfolegava. Não fosse Maria estar com ele, ia duvidar dos seus olhos. A estrela mexe com a gente por dentro. Na cidade fizeram as compras: um par de sapatos, um corte de tecido e uma robusta panela de ferro preta, redonda, com três pezinhos na base, perfeita para cozinhar feijão e carne. Na volta, a panela de ferro batia na beirada da carroça como um sino banguela, marcando o ritmo.

Maria trabalhava dobrado nos últimos tempos. Além da lida com a casa e a família, a chamaram para a colheita de café. Na volta, de cansaço, perdeu os sentidos, ficou um tempo na estradinha, caída, até que alguém a encontrasse.

O dinheiro cada vez mais difícil de ganhar. Tinha chegado a hora de mudar para São Paulo, buscar uma vida nova na cidade grande. Ela, Antônio e os filhos ficariam uns tempos morando num cortiço no bairro do Jaçanã, até comprarem um terreno, na várzea do Tietê, próximo à Ponte Grande, e construir sua própria casa. Não ia ser fácil deixar para trás a horta viçosa, o pomar, a casa de dois cômodos onde toda semana assava o pão, cozinhava, lavava, passava e costurava. Criançada, vamos embora! É preciso. Não vai mais faltar trabalho, comida e vamos ter chance de progredir.

As histórias gravadas nos ossos boiam na superfície da memória.

Tenho sete anos e estou de mãos dadas com meu avô. Noto a pequena nuvem de vapor que se forma ao redor da boca enquanto conversamos animadamente. Tudo é novo, esplêndido, vivo. Meu uniforme marrom, o estojo dentro da maleta de couro, a caminhada de manhã até a escola na rua Estiva, no bairro do Pari.

Olho para o chão e vejo a geada que caiu à noite e deixou na grama uma fina camada branca. Ouço o silêncio do rio, o ranger da madeira da ponte, com nossos próprios passos.

As fotos respiram; branco, preto e cinzas. Existem para confirmar o que um dia existiu. Onde estaria aquele rio?

Uma notícia: 1944. Manhã de domingo. A água pipocava alegre com centenas de nadadoras se atirando nas águas do rio Tietê. A largada foi embaixo da ponte da Vila Maria e a chegada entre os clubes Tietê e Esperia, próximo à Ponte das Bandeiras.

Elisabeth Huttenlocher, com apenas quinze anos, levou cinquenta minutos para percorrer os quase seis quilômetros até a Ponte Grande e foi a vencedora.

Os mais de 1.900 atletas não podiam imaginar. A multidão de curiosos, apinhada nas pontes, não podia imaginar. A Travessia de São Paulo a Nado no ano de 1944 foi uma despedida. Nadar no rio havia se tornado perigoso.

A trupe de atores da Cia. Lélo e Jolelo enfeita a árvore frondosa da Vila Formosa. Todos lá, cada um empoleirado num dos galhos; rapazes e moças no piquenique depois do ensaio. A vida se oferecia ampla, copa generosa, repleta de folhas, flores e destinos.

O passado navega em mim como um rio subterrâneo.

— Guia-me até a ponte, ordenou a menina, se fazendo de princesa.

O pai atendeu ao pedido e preveniu:

— Toda margem merece desvelo, Alteza. O Tietê é sinuoso. A correnteza lenta vai em direção ao centro da cidade e se embrenha pelo interior do Brasil. O Tietê não deságua no mar.

Umidade, chuva e friagem aumentam minha alegria de ir para a escola. As ruas cobertas de barro fino são um verdadeiro sabão. O corpo bambeia e damos pequenas risadas com medo de cair. Eu e minha mãe. Uso galochas para poupar o sapato marrom engraxado, guardado dentro da sacola. A um quarteirão do portão principal, paramos. Apoio-me no seu ombro, envergonhada, olhando para os lados. Não queria ser vista trocando de sapato. Despeço-me com um beijo apressado.

A treliça de madeira branca onde crescia uma roseira enfeitava e alegrava o quintal. Foi tirada de lá para se construir o quartinho onde o pai e a mãe passam horas costurando chinelinhos de pano e colando neles solas pretas de borracha. Um quarto frio, onde quase não bate sol. Os retalhos estão espalhados pelo chão, sinto o cheiro da cola de sapateiro, ouço as acelerações da máquina de costura elétrica, os movimentos de ir e vir do pé de minha mãe no pedal.

O álbum de capa verde plastificada tem folhas de seda separando as páginas de cartolina. As fotos, antes de serem vistas, se entregam a essa transparência.

Na varanda de piso vermelho, sentam para ouvir histórias, chupar laranjas, folhear revistas depois do almoço. Vez ou outra, numa festa, tocam violão, com o pé apoiado na mureta: canções sertanejas, boleros, sambas. A porta de madeira que dá para a varanda tem um postigo com arabescos de ferro. De dentro da sala, através desse postigo, pode-se ver sem ser visto.

Não conseguia entender o sentido daquela estranha festa iniciada de uma hora para outra. Não era domingo, e a casa encheu de gente. Os primos vieram de longe.

A tristeza anunciada no rosto de todos me dava vontade de brincar, correr pela casa, cantar alto, pular o portão, enquanto na sala de visitas o corpo imóvel da bisavó descansava num caixão de madeira envernizada, cercado de flores e velas acesas.

— Ela se foi para sempre — cochichou minha mãe.

Devia ter seis meses de idade, o rosto ligeiramente virado para o lado esquerdo. A mãe acenava, batia palmas, queria um sorriso, chamou o bebê pelo nome. Alguém segurava um cenário de fundo, uma colcha branca, com relevos; outra pessoa apoiava a criança pela cintura para que não caísse. Naquele dia não sorriu para o fotógrafo.

No sofá de napa sintética de cor azul, estão sentados os quatro membros da família: pai, mãe e as duas filhas. Encaixam-se perfeitamente — sorrindo — naquele espaço entre dois braços estofados.

Um dia, durante uma chuva forte, a rua se transformou em rio e invadiu a casa. Os ralos viraram chafariz de água marrom e fétida. Os móveis boiavam, as panelas boiavam, a geladeira boiava, até a máquina de costura boiava. Numa cadeira, alguém carregou a avó muito velha para o seco.

Devagar a água se foi. Entre tristes e alegres, na manhã seguinte, os moradores lavaram as casas e colocaram o que sobrou dos móveis no sol. Isso foi da primeira vez.

A mulher fora de foco, moradora do cortiço, segura um bebê chorando, sentada numa cadeira. A taquara sustenta o arame do varal onde tremulam algumas peças de roupa.

No álbum de fotografias nunca tiradas está aquela do avô tocando sanfona de oito baixos enquanto ela, menina, dança e rodopia a saia godê, cor de vinho. Ainda dá para ouvir a canção: "Ó vira que vira, e torna a virar. As voltas do vira, ninguém sabe dar".

Um caderninho improvisado, de capa azul, comprado no mercadinho, é o diário. No alto da folha pautada anota cidade, dia e ano. Na segunda linha, as palavras, "Querido diário". Gosta de dar vida a um caderno e transformá-lo em amigo e ouvinte. Na terceira linha, geralmente a frase: "Hoje eu estou alegre (ou triste) porque fui ao cinema (ou a lugar nenhum)". Por fim, cola com goma arábica amarelada o ingresso, a embalagem de bombom, nas páginas enfeitadas com arabescos. Sabe que seus segredos são pequenas moedinhas de ouro e devem ficar bem guardados. Alguns diários têm chave.

A luz que toca os objetos na dignidade da sala consegue elevá-los à condição de seres viventes.

Na varanda de piso vermelho a menina gosta de brincar, deitar, sentar e andar na mureta se equilibrando. De lá pode ficar olhando por horas a chuva cair, sem se molhar.

Gosta de regar o jardim da frente da casa e também a rua de terra. Com o esguicho no máximo abaixa a poeira da rua; diverte-se observando os desenhos que cria com a água no espaço e no chão. Depois de tudo molhado, mata a sede na água da mangueira, em grandes goles.

Um vestido azul de festa reformado pela mãe virou dois vestidinhos. Ao posar para a foto, as irmãs estavam felizes, unidas pela novidade. Um deles tem babadinhos no decote; o outro, na barra. Em sonho, as duas ainda brincam pelos corredores da casa e de vez em quando se escondem dos ruídos assustadores.

Domingo, tarde de sol. Os quatro rapazes foram conhecer o mar. A correnteza traiçoeira levou um deles para o fundo. A água salgada queria engolir o corpo enrijecido de medo. Conseguiu gritar por socorro. Só o irmão ouviu.

O portão de ferro ornamentado convida:

— Vem, vamos entrando!

Não tem trancas e fica entreaberto. Dá para o jardim, a casa e o quintal. Está entre o que sei e o que não sei.

O maiôzinho de pano, confeccionado pela mãe, tem estampas miúdas, é de algodão. Tem pequenos círculos azuis e brancos sobre fundo vermelho. A caminho da praia, a menina afunda os pés na areia fina. Desvia das plantas espinhentas. As raízes e ramagens salpicam de verde o branco do chão.

Com dedos ligeiros, a avó desfia o terço de contas cor-de-rosa. Ave-Marias. A pele das mãos virou seda fina.

O rosto dos três irmãos em suas roupas de domingo tem um quê de desconforto e impaciência. No estúdio fotográfico Cosmos, a paisagem que serve de cenário é dos Alpes suíços, mas eles estão em Terra Roxa, interior de São Paulo.

O passeio na bicicleta não dura muito tempo. Força máxima nas pernas, vento no rosto, velocidade na rua comprida e plana. No percurso de cinco ou seis quarteirões canta uma música marcada pelo compasso das pedaladas. À esquerda, o galpão da carvoaria, os homens com os rostos manchados de preto; depois, a Cooperativa Agrícola onde funciona a incubadora de aves; os galpões das empresas de transporte e seus caminhões de fumaça preta; poucas casas e o depósito de gás de cozinha. Na volta, a rua dos cheiros: a fábrica de perfume, o curtume e a fábrica de bolas de plástico. Fugir é sempre bom, nem que seja para voltar meia hora depois.

O estúdio da TV Excelsior é perto de casa. Com um pouco de sorte, cruzo com um príncipe de peruca de cachos, uma cigana de barriga de fora, um árabe indo tomar café na padaria. Um dia precisei desviar de um exército de seres alienígenas, de macacões prateados.

Lucila estava sempre inventando moda. Uma vez conseguiu, não se sabe onde, um bloco enorme de gelo seco. Convidou a molecada da rua e fez uma festa no quintal. Foi uma tarde inteira de gritaria e farra regada a água de mangueira e vapor branco. Os vizinhos queriam chamar a polícia, mas deixaram pra lá.

Quando entrou na menopausa, os calores atiçaram outros tipos de fogo em Lucila. Toda noite para chamar a atenção do marido e acordá-lo, dizia que o quarto estava infestado de pernilongos e não conseguia dormir com aquele zumbido na orelha. Acendia a luz, pegava a bomba de Flit e saía espirrando o veneno de matar mosquito por todo lado.

Poucas mulheres tinham carta e dirigiam. Uma tarde Lucila encheu o carro de crianças e saiu para passear. Nem se lembrou de pedir a permissão dos pais. Ficou horas pra lá e pra cá no bairro. Como o carro não tinha buzina, ia com a cabeça fora da janela, gritando:

– Sai da frente!

– Pessoal, mais para a direita. Olha aqui para a máquina! Isso!

– Um, dois, três. Olha o passarinho! Foi.

– Oba! Muito bom.

– Quantas ainda faltam?

– Dezoito.

– Essa deve ter ficado boa!

Alguém, atrás da máquina fotográfica, com olhos atentos, espera. Na hora do clique um menino de chapéu e cravo na lapela atravessa a rua e deve ter saído na foto.

Vai ser preciso fazer uma fogueira, queimar tralhas, papéis, documentos, fotos. Numa caixa, reunir para doações roupas, livros e sapatos. Quando tudo estiver vazio podemos lavar a casa com água de lavanda, sacudir os tapetes, arejar novamente os cômodos e reinventar as histórias.

As mulheres com roupa de festa e penteado armado sorriem. A avó usa um avental sobre o vestido. Os homens quase não respiram alinhados em pose de toureiro. Da bisavó, cortada pela foto, restou apenas o perfil.

A jarra de cerâmica com bico fino, em beges e marrons, contém a água que é levada à mesa no jantar. O pote rosado onde se serve o caldo quente cabe perfeitamente entre as duas mãos. O vaso azul listrado abriga com precisão o maço de flores comprado na feira. Da caneta-tinteiro de ouro do pai só ficou o contorno, a lembrança de seu peso entre os dedos.

Sabores da infância: o bolinho de arroz da dona Ana, a aletria da dona Alice, o bife à milanesa da dona Teresinha. A rosca redonda e perfumada feita pela avó vale por um abraço e um beijo.

Na sala de aula, a menina não podia imaginar que os tempos verbais — passado, presente e futuro — eram muito mais do que palavras alinhadas ao lado de eu, tu, ele, nós, vós, eles.

A avó está com uma das mãos na cintura, a outra mão acaricia um cachorro. Quase ouço o barulho da panela de pressão e o rádio ligado. O vestido claro costurado por ela mesma se amolda ao corpo com elegância. Está na porta da cozinha, à vontade, exibindo um quase sorriso.

Usa óculos de lentes grossas. Na infância, mesmo sendo filha de um professor, nunca pôde aprender a ler. Depois de anos casada, com três filhos, frequentou um curso de alfabetização à noite. Um mês depois, adoeceu. As fortes dores de cabeça a obrigaram a desistir das aulas. Esqueceu o pouco que sabia e até a própria assinatura.

Na sala, o quadro grande de Jesus no Monte das Oliveiras sempre chama a atenção da menina. Custa a entender o que vê. Ele olha para o céu em súplica, mãos em oração. Mas, da cintura para baixo, suas vestes parecem se fundir à pedra esverdeada onde está apoiado.

Num dia estranho, vê pingos de sangue no ladrilho do banheiro. Vermelho sobre bege. Seu sangue. Caminha devagar até o quarto. Abre a porta e pela primeira vez deixa entrar o futuro.

Nos sentamos ao redor da mesa para conversar.

A mesa é toda entrega.

A mesa é uma letra A, aberta.

A árvore ainda está presente na mesa com seus galhos, flores, frutos, tronco e calor. A mesa é quente e silenciosa. Pode-se deitar na mesa e dormir.

O bojo da mesa, seu avesso, o "sob a mesa", é teto, abrigo da chuva, é esconderijo para a brincadeira. É céu onde se desenha. A mesa é plena e plana. A mesa é mulher. A mesa tem fome de celebração. De madeira escura, a mesa flutua. A mesa é simples e boa como uma vaca.

À mesa, o tio lembrou-se da ida ao litoral. Precisou parar de falar algumas vezes, tocado por suas próprias palavras, os olhos cheios de água.

"Entrei no mar confiante demais, a correnteza me levava cada vez mais longe. Não conseguia voltar. Desesperado, gritei por socorro. Meu irmão se atirou no mar, me alcançou e trouxe até a beirada. Nasci de novo."

Aquela família talvez não soubesse, mas ter um cachorro chamado Dog era uma redundância. Ele aparece em várias fotos do álbum posando, quase sorrindo, ao lado dos rapazes, das crianças, das moças e dos bebês.

Foi dado ao avô, porteiro do Edifício Martinelli, por um conhecido. Chegou pequeno, dentro de uma sacolinha. Além do afeto, ganhou abrigo, comida e uma vida sem luxos. Da raça Border Collie, pelo preto e liso, inteligente e dócil, só faltava falar. Transitava pelas ruas esburacadas do Jardim da Coroa sem coleira. Nadava nas lagoas, fazia o que bem entendia e encantava a todos.

Teve um final triste, pegou raiva, talvez numa briga com um outro cachorro, mordido por um preá, ninguém sabe. Parou de comer e beber água, se debatia e salivava uma espuma branca. Foi uma tristeza danada precisar levar o Dog para o sacrifício. Todos se sentiram doentes, carentes da alegria e da proteção do cachorro Dog.

Vila Paiva — Linha 57 —, da Vila Guilherme ao Vale do Anhangabaú, fazia a ligação entre os moradores do Jardim da Coroa e a cidade.

— Vou pegar o ônibus para ir até a cidade.

Cidade era o centro da cidade, depois do rio.

Ao se referir ao Vila Paiva, os moradores emendavam outras duas palavras e alguns palavrões. Vila Raiva. Comum atrasar uma hora, duas horas. E, quando vinha, vinha lotado. Se o motorista ousasse parar no ponto, as pessoas se penduravam na porta ou mesmo subiam no teto. Para maior desespero, muitas vezes o ônibus aparecia com a indicação RESERVADO. Reservado para quem?

O passado estava ali guardado naquele álbum de fotografias, entre lagoas, ruas de terra e o rio.

Nos rostos de hoje, dos que ainda estão vivos, a poeira do que foram.

A matinê começaria logo mais, às duas da tarde. Luís estava empolgado, queria ir ao baile de carnaval no Estrela do Pari. Sábado é o dia mais lotado. Adultos do lado de dentro, crianças do lado de fora. A orquestra toca a seleção das melhores marchinhas. Pode não ser a maior, mas com certeza é a mais animada agremiação esportiva da região. O símbolo do clube, uma estrela de cinco pontas, enfeita o portão principal.

No cabide de madeira, o paletó de linho branco do pai, arrematado na loja na rua São Caetano, aguarda as ocasiões especiais: casamento, velório e batizado. Na prateleira superior, o chapéu de feltro marrom. Estava decidido o figurino.

Veste a calça de brim, os sapatos pretos, a camisa branca e, por fim, o chapéu e o paletó: de lado, de frente, de costas para o espelho, ajeita o cabelo preto liso. Fica chateado com a espinha na lateral do nariz.

Na cozinha se despede da mãe.

Antes de deixar o quintal, Luís arranca um cravo vermelho do jardim e espeta na lapela.

No final da rua cruza com o pai que voltava do trabalho:

— Boa tarde, Luís.

— Boa tarde, pai.

— Aonde vai?

— Na matinê do Estrela.

— Que horas termina?

— Às sete.

— Não demora. Acabou, vem embora.

— Tá bom.

O pai parou uns minutos na esquina para observar o filho caminhando na direção da ponte para atravessar o rio e chegar ao clube.

Quando entra em casa, a mulher vai logo explicando.

— O Luís foi no carnaval do Estrela.

— Eu sei. Cruzei com o meu paletó e o meu chapéu, que também iam.

Margarida cresceu cheia de recato, escondida na voz baixa, no fundo do quintal. Não aceitava os seios despontando, os pelos crescendo, desgovernados. Tinha vergonha de ficar nua na frente das primas. Nunca o batom, nunca as unhas pintadas, nunca a calça comprida. O pai não deixa. Nadar e andar de bicicleta, coisa dos rapazes. Ler, já sabia o suficiente. Verdades da casa.

Colecionava alegrias como selos. Uma delas, cantar no chuveiro acompanhando em dueto o cantor do rádio: boleros de Carlos Gardel, modinhas de Carmen Miranda. Outra alegria, parar na banca de jornal e comprar a fotonovela Grande Hotel — A mágica revista do amor. A edição de junho trazia a eletrizante história: "O primeiro amor não morre". Encantava-se com aquelas tramas cheias de sofrimento, compensadas no final pelo beijo na boca, ao lado da palavra fim.

Aos dezesseis anos começou a trabalhar na tecelagem. Com frio, chuva ou calor, levantava às cinco, marmita na bolsa, saia de tergal, blusinha quente de banlon. Às seis da tarde, estava de volta. O salário todo, inteirinho, na mão dos pais. Morar no Jardim da Coroa, atravessar o rio Tietê pela ponte de madeira, a afastava da vida de passeios e de festas. O fim de semana tirava para ajudar a mãe e, vez ou outra, ir a um aniversário ou casamento.

O barulho cansativo dos teares dava dor de cabeça. A pausa para o almoço marcava a hora boa, hora de falar com as colegas do Brás. Riam, trocavam segredos. Margarida ficava vermelha com as provocações:

— Eu já beijei na boca e você, Margá?

— Eu não e nem quero. Só vou beijar aquele que for meu marido.

— Mas que bobagem é essa? Deixa de ser ultrapassada.

— Eu nem gosto de ninguém.

Num fim de tarde, depois do expediente, notou um movimento diferente em frente ao Cine Paissandu. Fotógrafos, moças gritando com caderninhos de autógrafos nas mãos e, no centro do burburinho, de terno azul, blusa cacharrel branca, pele de pêssego, cabelo curto bem preto, o goleiro Gilmar. Havia acabado de fechar contrato com o Corinthians. Estava em todas as revistas e no rádio. O coração dela bateu forte. Quando se aproximou teve uma vertigem, a vista sumiu e quase foi ao chão, não fosse o próprio goleiro amparar. Ele a tomou nos braços, olhou bem fundo nos seus olhos, parecia querer dizer alguma coisa, mas foi levado pela multidão.

Pálida, sentou-se numa cadeira, alguém trouxe um copo d'água e ficaram em volta dela até se sentir melhor. Mas voltou para casa diferente, na sua cabeça não tinha mais só o barulho dos teares.

Passou semanas escrevendo o nome Gilmar nos cantinhos dos cadernos, nos jornais, nas páginas da fotonovela. Colocou a foto do jogador na parede do quarto. Parecia que ia ficar doente. As amigas notaram:

— O que está acontecendo com você, Margá?

— Nada, não ando me sentindo muito bem.

— Precisa ir ao médico, está esquisita.

Numa tarde ensolarada de sábado, por um descuido, ela deixou a janela e a cortina abertas. De calcinha branca, sutiã com bojo de espuma, bobinhos na cabeça, escolhia um vestido quando viu, refletido no espelho, ao lado da sua própria imagem, o entregador de leite, do lado de fora, espiando dentro do quarto. Ela se agachou depressa e foi engatinhando até a janela para fechar rápido a cortina. O homem ainda ficou um pouco mais, sem se mexer. As amigas da rua tinham falado dele. Bonitão, de olhos e cabelos castanhos, camisa dentro da calça, cabelo penteado, um portuguesinho, filho do Seu Fernando, dirigia a caminhonete de doces e laticínios, fazendo entrega nos bares e padarias da cidade.

A partir daquele dia e pela primeira vez na vida, Margarida se achou bonita. Cruzaram-se na rua na semana seguinte. Ele tentou falar alguma coisa, mas ela pisou duro, não olhou para o lado e foi embora.

E se por acaso Alcides quisesse algo sério? E se ele quisesse falar em namoro? Sentiu vergonha do pai, sentiu vergonha da mãe.

Num outro sábado, depois da faxina da casa, enquanto rabiscava seu caderno, viu através da cortina, o Alcides, do outro lado da rua. Olhava para dentro do quarto.

Voltou na semana seguinte e nos outros sábados. Ficava um tempo do outro lado da rua, depois ia embora. Até que Margarida, cansada daquela história passou diante da janela, e abriu a cortina. Sentou diante do espelho e pegou um batom vermelho na gaveta, comprado escondido do pai. Pintou devagar os lábios. Sabia que ele estava vendo tudo. Abaixou o lado esquerdo da blusa, exibindo o ombro. Passou a mão nos cabelos e debruçou na janela.

Alcides ficou sem jeito. Foi embora rápido, sem olhar pra trás. Mas voltou no outro sábado, mais confiante e sorridente. Ela, pra fazer charme e um pouco arrependida da ousadia, decidiu não aparecer, mas ficou espiando através da cortina.

E assim, um sábado atrás do outro, lá estava ele. Um dia ela pintava as unhas e dava um tchauzinho; amarrava um lenço no cabelo, abria e fechava a cortina; debruçava na janela exibindo sem pressa o decote bonito, numa blusa cor-de-rosa recém-comprada no Brás.

O filho do português criando coragem jogou um beijo; chegou mais perto e ofereceu um bombom que ela, de longe, recusou; até o dia em que atravessou a rua e ficou diante do portão. Ameaçou bater palma, mas esperou. Margarida atravessou depressa a sala e foi encontrá-lo. Olhou bem de perto o rosto do Alcides e achou ele bonito. Foram lado a lado caminhando, os dois, em silêncio, até algumas ruas acima. Pararam embaixo de uma paineira florida. Ele se esticou pra lhe dar um beijo, seu primeiro beijo.

Entrou na cozinha correndo, encheu um copo d'água. Enquanto engolia observava a névoa branca, embaçando o vidro.

— Menina tenha modos, não respira dentro do copo — disse a avó.

Ela sentou na cadeira da cozinha, ainda ofegante, colocou os pés sobre o assento, o rosto corado do sol. A avó lava a louça.

— Senta direito. Isso lá é jeito de sentar?

Ela obedece, apoiando os pés no chão, sem entender.

Na volta do passeio de bicicleta, invade a casa chorando. A avó, ocupada com as panelas do almoço, olha de longe o joelho esfolado:

— Não é nada, quando casar sara.

A menina queria ser obediente e não sentir a dor que sentia. Olhou o joelho e foi lavar o machucado no tanque. Dor de verdade ou dor inventada?

Domingo, a avó quer a companhia da neta:

— Vai se arrumar pra ir comigo na missa.

Ela escolheu a blusa e a saia preferidas, penteou e ajeitou a fivela de strass no cabelo. Quando entra na sala, a avó se espanta:

— Mas com essa roupa? Vai se trocar.

A menina se esforçava para acertar, mas havia sempre um erro em tudo. Acreditava na avó, ela queria o seu bem. A roupa que escolheu não devia mesmo ser bonita. Olhou no espelho do quarto, a vista ardeu. Esfregou os olhos com a palma da mão. Vestiu outra roupa, tirou a fivela do cabelo. A cabeça ficou confusa, alguma coisa doía dentro dela. Teve raiva, vontade de ser má, bater a porta ou a janela, destruir com as mãos o que via pela frente, matar um bicho.

A menina correu pela rua, pulou as poças d'água, espiou as vitrines. Meio-dia. A mãe pediu, ela obedecia. Buscar o retrato no estúdio fotográfico.

Morrendo de curiosidade, sob o sol da praça, sentou no banco e abriu o lacre do envelope; beleza de encher os olhos e esquecer-se do tempo. Os três irmãos ajoelhados diante de um altar de mentira, ela de vestido branco e véu, eles de terninho segurando a vela e o missal. Colocou tudo de volta dentro do envelope e voltou correndo pra casa.

Quando chegou, a família se aproximou da mesa. Fez-se um momento solene. Ao abrir o envelope, tarefa do pai, a surpresa:

— Cadê? Cadê todo mundo?

Viraram o papel de um lado, depois do outro lado, sacudiram o envelope e nada. Dentro do envelope só havia aquela folha em branco.

— Estava aqui, tenho certeza.

Entre raiva e frustração, o pai defendeu a menina e acusou o laboratório.

— Química fajuta! Vão devolver o dinheiro ou revelar a foto de novo.

As imagens, calcinadas pelo sol, tinham voltado para o lugar de onde saíram.

Água de beber

Antes de construírem a ponte de pedestres sobre o rio Tietê, o barqueiro da Prefeitura fazia a travessia dos moradores entre o Jardim da Coroa e o Canindé com uma balsa. Ela ficava presa de uma margem a outra do rio por um cabo de aço grosso. O barqueiro, senhor Barriga, movimentava a balsa puxando com um gancho esse cabo.

Aos domingos, no único dia de folga do senhor Barriga, os moleques disputavam quem iria fazer o serviço e com isso livrar alguns trocados de gorjeta.

Uma vez o senhor Luís chegou ao rio e não encontrou ninguém para fazer a travessia. Não teve dúvida, arrancou a roupa, enfiou numa sacola plástica, amarrou no corpo e atravessou o rio a nado. Não fosse assim, teria de andar muito tempo até uma das pontes vizinhas para chegar ao Jardim da Coroa.

Nos loteamentos da várzea, a maioria dos moradores é descendente de italianos e portugueses — Ricci, Moreira, Atanázio, Martini, Abreu, Manduca. Mas há também migrantes chegando de outros estados brasileiros — Cavalcanti, Gonzaga, Ramos, Barbosa.

A paisagem na várzea era cada dia uma. A água desgovernada brotava de todo lado, muitas vezes suja de óleo. Os lotes tinham sido aterrados. Os campos onde não havia casas serviam para a molecada jogar futebol, áreas extensas com tufos de mato e pedras. No início não havia luz, esgoto e água encanada. As casinhas, construídas aos poucos, sem muro, porta ou janela.

— Qual é a distância de barco entre o bairro da Penha e a Ponte Grande?

— Cinco quilômetros.

— Quanto tempo?

— Quinze minutos. A correnteza desse rio é ligeira, quase não precisa remar.

De dentro do batelão ou das dragas, o fundo do rio e das lagoas era sugado, escavado e despejado nas beiradas. Depois, feita a separação: terra, pedregulho e areia — que ia direto para as caçambas e, depois, para os caminhões; dos caminhões para a cidade. As empresas de construção compravam.

Subo na garupa com um pouquinho de medo, mas seguro firme na cintura do tio. Como é bom ouvir o ronco do motor, sentir o vento na orelha. E como sacode a lambreta azul nas ruas de terra. Nas curvas, o tio avisa, precisa inclinar o corpo pra direita, pra esquerda. Atravessamos a vila, vejo a capela da Vila São João, vejo o Campo do Sete, onde o time do Doze de Setembro está ganhando de 1 a 0 do time do Canindé. A velocidade aumenta quando chegamos no asfalto da rua da Coroa, o vento fica mais forte. O rio nos segue.

— Vamos dar uma volta de canoa?

— Vamos, vamos.

Ela segura a mão do tio enquanto entram no Clube Floresta.

Caminham até o ancoradouro, atravessam o portão. As catraias e as canoas estão alinhadas. Acha curioso o som da água batendo nos barcos. Ele apanha o par de remos, ela pula para dentro do barco, senta, apoia os pés nas ripas de madeira. O tio solta a corda, dá um pequeno salto para dentro do barco e começa a remar.

O rio é uma imensa massa de água cinza avermelhada. A correnteza está mais volumosa e agitada. Venta muito. O barco segue firme, os remos cortam a água como faca na manteiga. Com movimentos circulares e pausados dos dois braços, o tio vai dando o ritmo para as remadas. Ela segura nas bordas, não tem medo, confia no tio.

Observa um e outro aguapé carregado pela chuva forte da noite anterior. Às vezes, mesmo as águas sendo turvas, dá para ver um peixe a um palmo da superfície.

Tio, ainda tem peixe aqui? Tio, o senhor gosta de remar? Tio, por que comprou uma lambreta? Tio, aquilo ali no céu é um urubu? Muitas das perguntas ele respondia, mas a maioria fingia não ouvir e seguia remando, pensativo. Seu olhar ia longe. Ao se aproximar da rua onde ela mora, o tio aponta:

— Ali é a rua Daniel Ventura. Está reconhecendo? Do lado do prédio cinza.

— É mesmo!

Segue remando mais alguns minutos e manobra a canoa para voltar ao Clube. Avistam um pequeno banco de areia e em seguida uma draga que trabalha soltando fumaça preta, removendo o lodo do fundo do rio. Há movimento de caminhões abrindo ruas, derrubando as casas de madeira das margens. Uma mulher chora segurando um bebê. O rio nos devolve ao Clube. Quase não é preciso remar.

— Que peixe é aquele ali que o pescador acabou de pescar?

— Lambari.

— Tem outros peixes nessas águas?

— Sim: tabaranas, traíras, lambaris, guarus, traguiras, cará, piabas, trairões, bagres, mandis, cascudos.

Um rio é silencioso, corre dia e noite, atravessa cidades. O Tietê atravessa todo o Estado de São Paulo e desemboca em outro rio, o Paraná. É um rio de dentro, não conhece o mar. Sabia ser belo, com curvas e pequenas cachoeiras e margens cobertas de juncos. Mas inventaram que a água das cheias podia trazer doenças e começaram a mudar o rio; deixar reto o que antes era torto. Depois aproveitaram para jogar química e esgoto.

Começaram jogando veneno no rio. Impossível esquecer o dia em que logo cedo a flor da água estava forrada de peixes mortos, piabas graúdas, boiando. Gente maluca deu risada, encheu sacolas para fritar os peixes na hora do almoço. Depois, foram as montanhas de lixo aterrando as lagoas. As lagoas verdes, onde as crianças nadavam. Caminhões e mais caminhões chegando com entulho dos bairros elegantes da cidade. O céu escuro, nuvens de moscas e urubus.

Uma ponte sempre cumpre a sua sina. Uma ponte traz em si uma alegria, um convite ao encontro. Naquela toda de ripas de madeira acinzentada, com tambores flutuando sobre a água, moças e rapazes tiram fotos aos domingos; trabalhadores alcançam o centro da cidade no bonde 49 Canindé/Largo São Bento; donas de casa vão à feira ou às compras no Mercado Municipal da rua da Cantareira; pescadores se sentam para lançar seus anzóis; o padre vem dar a extrema unção ao doente; torcedores de futebol atravessam para assistir seus times jogarem; a noiva de sandália branca pisa devagar para chegar à capelinha onde será celebrado seu casamento; o cachorro com raiva, no colo do dono, é levado para o sacrifício. Sob a ponte passam nadadores, catraias de competições de remo e canoas.

Um rio é assim, carrega tudo: aguapés, folhas, pedaço de papel, bicho, histórias.

O trânsito de carros e caminhões aumenta. A cidade cresce cada vez mais depressa. Depois de derrubarem os barracos da maloca do Canindé e mandarem os moradores procurar outro lugar pra viver, começaram a construir as duas pistas nas laterais do rio, uma na margem direita e outra na margem esquerda. Afinal, como o rio virou esgoto, não serve pra mais nada. Ninguém mais se arriscaria a nadar, pescar ou mesmo navegar em suas águas.

A ponte de madeira ainda resistia solitária, unindo os dois bairros. Por quanto tempo mais? Atravessar as pistas marginais ficou um perigo.

Uma notícia: "Seiscentos 'bicudinhos-do-brejo' habitam bravamente a beira das nascentes do rio Tietê".

Pé-de-Anjo

O Bar Venezia é uma tradição da rua das Olarias, no Canindé. Três gerações circulando entre bebidas e petiscos de balcão. Primeiro, o bisavô recém-chegado da Itália, depois, os avós e, por fim, os pais. Pouca coisa tinha mudado nesses anos todos. Nas prateleiras de madeira escura, vinho barato, conhaque e vodca. Por todo lado, a fiação improvisada fazia funcionar o ventilador, o rádio, o abajur torto, as duas geladeiras de cerveja. No canto esquerdo, algumas mesas e cadeiras e o jogo de bilhar com o forro verde desbotado. A decoração se resume a fotos de família, samambaias de plástico, capas de revista emolduradas e um letreiro com a palavra ABERTO.

Dia de festa no Clube Estrela do Pari. Os garotos do time Flor da Esquina F. C. estrearam o jogo de camisas doado pelo Bar Venezia numa partida contra o Sete de Setembro F. C. Os garotos se saíram muito bem, vencendo o time adversário por 4 a 1.

Da minha história inventada, eu até guardo uma foto que o fotógrafo do bairro fez com sua máquina fotográfica Agfa 35 milímetros: os donos do Bar Venezia, o Vicente e o Seu Mário, ao lado dos doze meninos do Flor da Esquina.

Adauto Fernandes, filho único de portugueses que chegaram ao Canindé nos idos dos 40. Nasceu e viveu próximo da água, na água do rio e das lagoas, das muitas lagoas. Na várzea que alagava com as enchentes. Ficou órfão muito cedo. Seus pais morreram com poucos meses de diferença, mal ele tinha completado dezenove anos. Aprendeu a se virar sozinho, fazer bicos, não recusar trabalho, até entrar para a Cia. Paulista de Águas, como responsável pelos aterros e pelo leito do rio. Nas horas vagas Adauto se mete em tudo: apita jogo de futebol, chama médico para gestante, compra remédio para quem não pode buscar, salva vida de criança que cisma de entrar na lagoa sem saber nadar.

"Sou um homem que nasceu, viveu e cresceu na beira de um rio, entre uma margem e outra, com uma ponte no meio. De um lado a Vila Guilherme, o Jardim da Coroa, do outro o Canindé, o Pari, e o Brás. Tirar uma ponte é me dividir ao meio."

Às cinco e meia se levanta num salto, tudo escuro ainda. Deve ter dormido apenas umas quatro horas. A ventania lá fora anuncia o temporal. Passa o café e torra um pedaço de pão na frigideira. Senta-se à mesa para comer. Enquanto mastiga, corre os olhos na folhinha pendurada no quarto. Cada dia uma página para destacar do pontilhado. Hoje, 20 de abril. Pousa a mão na capa azul do livro, com frisos dourados — relê o título: A Divina Comédia. Ajeita o pedaço de papel destacado da folhinha numa das páginas, como um marcador: Purgatório, Canto XV, v. 25: "Mestre", indaguei, "que é isto à nossa frente que seu fulgor não posso sustentar e de nós se aproxima, certamente?".

Um dia Adauto ouviu o barulho forte de um avião monomotor e depois o baque na água de uma das lagoas. Apanhou correndo um dos pequenos barcos e remou depressa. O monomotor boiava com dificuldade, soltando muita fumaça. Havia decolado do Campo de Marte, não mais que três quilômetros dali. Dentro da cabine, o piloto desacordado. Como a porta não abria, usou uma alavanca. Conseguiu laçar com as mãos o corpo do rapaz e puxá-lo para fora. O resto do avião estava debaixo d'água.

Jogou o rapaz atordoado dentro do barco. Os bombeiros chegaram duas horas depois. O piloto foi acomodado numa cadeira, com muita gente em volta até chegar a ambulância. Trouxeram um copo d'água com açúcar.

O repórter do Diário da Noite não parava de fazer perguntas. Só no fim da tarde é que o avião foi retirado pelos bombeiros, com uma multidão ajudando.

No dia seguinte, de volta ao trabalho, notou o alvoroço. Os colegas com o jornal na mão falam ao mesmo tempo:

— Como é que pode? Foi você que salvou a vida do moço.

O jornal tinha mudado toda a história. A manchete na primeira página mentia: "Bombeiros salvam a vida de piloto".

— Se fui eu ou os bombeiros, tanto faz. Ainda bem que o moço está vivo, isso sim.

O pessoal não se conformava com a mentira e não conseguiam entender a cabeça do Adauto.

Um mês depois, um estranho apareceu na várzea perto do banco de areia. Procurava o homem que salvou sua vida. Era o piloto do avião que caiu na lagoa. Queria levá-lo até ao Campo de Marte, para dar uma volta de avião. Adauto tinha medo de altura, recusou a oferta. Água era com ele, as nuvens não. Ficaram os dois por um tempo olhando a lagoa, o local do acidente, as árvores caídas, se despediram com um abraço.

Desde a queda do avião, Adauto virou herói e ganhou até apelido, Pé-de-Anjo. Além de salvar a vida do piloto, usava umas alpargatas brancas engraçadas que facilitavam o sobe e desce dos barcos. Fora isso, tinha pés enormes para sua baixa estatura. O apelido pegou. Os meninos, os homens, as mulheres, todos em volta dele nunca mais deram sossego. Pé-de-Anjo, você é ponta firme.

Debruçou no parapeito da ponte de madeira vendo a correnteza do Tietê formar pequenos redemoinhos, a água alegre ia em direção à Ponte Grande. Fim do expediente, era seu caminho passar na rua do Porto, antes de chegar ao cortiço onde morava, na rua Rio Bonito, a quinze minutos dali.

— Noite, Adauto! Entra um pouco.

— Aceito.

Um quarto com duas camas, todo feito de tábuas, coberto de lata e papelão. Um barbante esticado serve de varal, onde alguns trapos estão pendurados. Na mesinha quadrada, feita de tábua de pinho, há três latas e um fogareiro. O guarda-comida, escuro de fumaça, está cheio de livros velhos e muitos cadernos.

— Eu ouvi a radiopatrulha, bombeiro chegando.

— Um avião caiu na lagoa, dona Carolina.

— Vou escrever isso no meu diário.

— Que assunto a senhora escreve?

— Todas as lembranças que pratica os favelados, estes projetos de gente humana que moram aqui na maloca.

— Foi por pouco. O moço quase morreu.

A paineira soltava sua pluma branca. Adauto parou na rua das Olarias, antes de chegar em casa, para tomar um rabo de galo. Ângelo e o Seu Mário, os donos do Bar Venezia, souberam do acidente pelo jornal. A notícia corria. Queriam que ele contasse como foi.

Quando Adauto atravessou o corredor do cortiço, a caminho do seu quarto, passava das nove da noite. Se atirou na cama e dormiu de roupa e tudo. Estava sem fome porque tinha beliscado umas bobagens no bar. Às cinco e meia acordou. O banheiro coletivo fica no fundo do corredor. Coa o café, prepara a marmita e guarda dentro da maleta de couro, junto com a alpargata branca. Antes de sair, coloca os óculos, lê devagar algumas linhas de um livro grosso, alisa uma das páginas e sai.

Arranjou o primeiro emprego decente com a ajuda de um amigo: auxiliar na farmácia de um espanhol. A rotina puxada, de domingo a domingo, das oito da manhã até as seis da tarde, com meia hora de almoço, não deixava tempo pra nada. Nos raros momentos de folga, entre um cliente e outro, Adauto gostava de passar os olhos no jornal. Fez até a quarta série, numa escola boa do bairro. Um dia o espanhol o surpreendeu lendo em voz alta, emocionado, um poema do Olavo Bilac, aquele: "Ora direis ouvir estrelas...". Ficou intrigado com a sensibilidade do moço. Como tinha uma bela edição da Divina Comédia, no original, decidiu lhe dar de presente. Adauto não sabia como agradecer. Um livro só seu parecia um luxo, ainda por cima em italiano. Comprou um dicionário usado italiano-português e ia traduzindo como podia cada uma daquelas frases sonoras. Virou o seu passatempo, um tipo de oração. Antes de sair de casa, sempre lê um pequeno trecho e vai para o mundo.

Os pensamentos não dão sossego. Na insônia, Adauto relembra os olhos doces de Salete e a conversa que tiveram na noite anterior:

— Pé-de-Anjo, adorei o passeio. Como é bonito o circo.

— Nossa! Você nunca me chama por esse apelido.

— Adauto é um nome muito sério, Pé-de-Anjo é o que você é.

Salete (minha Beatriz), "La gloriosa donna della mia mente". Salete, meu amor inconfessável, meu pequeno tesouro.

Levanta, se apronta para sair. Ganha a rua, o temporal desaba. O guarda-chuva parece inútil. Depois de alguns minutos os pés já estão encharcados. A ira dos deuses parecia se manifestar naquela manhã, água pra todo lado e muito barro pra amassar até a várzea. Pelo menos a marmita e a muda de roupa dentro da maleta de couro estão protegidas do aguaceiro. A dez minutos da ponte avista uma moça magra, alta, cabelos pelo ombro, descalça, toda ensopada. Parece desnorteada, ameaça voltar, olha para trás, retoma o percurso. Pé-de-Anjo reconhece. É a filha de uma vizinha, não tem mais de dezesseis anos. Onde pensa que vai?

— Ei, moça, espera! Quer ajuda?

A rua quase deserta, o dia ainda clareando, o temporal, alguma coisa muito errada está acontecendo. Quase na beirada do rio, a moça atravessa o mato alto e desajeitada se atira nas águas. Adauto arranca os sapatos, larga a maleta e pula atrás. É arrastado pela correnteza violenta. Ela, poucos metros na frente. Com algumas braçadas consegue se aproximar, enlaça o pescoço, os cabelos, e com esforço chega até a margem. No barranco, grita por ajuda. Conseguem tirar a moça da água.

Não contava com o que viria depois. A beirada muito lisa de barro fez com que ele escorregasse e voltasse para a correnteza. Resolve nadar mais um pouco até um lugar mais fácil de subir. A correnteza brava não deixa, a chuva não dá trégua. Segue o fluxo das águas.

"Nasci para viver aquele momento. Ouço uma voz enquanto vou para o fundo. O rio me chama. Alguns metros depois consigo segurar num pedaço de madeira e tomar fôlego. Dou mais algumas braçadas, me agarro numas folhagens que depois encalham na margem esquerda, entre galhos partidos e raízes. A turma da várzea viu tudo e se juntou, lançaram uma corda e me puxaram. Acho que deixei impresso no rio a imagem cristalina do meu corpo."

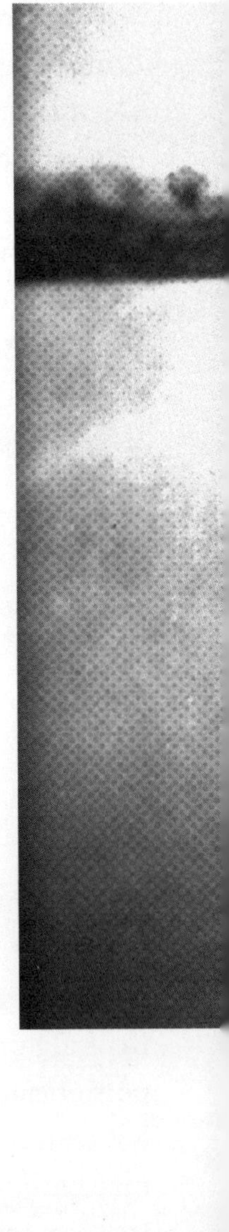

Sobre a autora

Cristina Mira nasceu em São Paulo, capital.
É jornalista, poeta e escritora.
Em 2016, concluiu a Pós-Graduação em Formação de Escritores, no Instituto Vera Cruz.
Publicou *Cordisburgo* (2005), relato poético sobre a terra natal do escritor Guimarães Rosa, e *Jari - Uma Aproximação Sensível* (2004).
É autora do livro infantil *Otto e a Tina*, Editora Ateliê da Escrita - aprovado pelo MEC no Programa Nacional do Livro Didático - Literatura 2018 - e do livro *Otto e a Toca* (2020).
É criadora do Espaço Mirabilis.

A foto aérea da capa é de 1958, ano de nascimento da autora deste livro. Mostra a cidade de São Paulo e, neste trecho da foto, o rio Tietê já retificado.

A foto integra levantamento feito pela empresa Aeromapa Brasil S/A, para um projeto específico de atualização cadastral da cidade de São Paulo e para fornecer informações ao planejamento urbano que se organizava à época. As fotos aéreas apresentavam escala 1:8.000 (1 cm = 80 metros no solo), obtidas com uma câmera instalada na fuselagem de um avião a cerca de 1.200 metros de altura.

Fonte: www.geoportal.com.br/memoriapaulista

www.laranjaoriginal.com.br

EDIÇÃO Filipe Moreau
PROJETO GRÁFICO Gilberto Tomé
FOTO DE CAPA Aeromapa Brasil S/A
FOTOS Waldemar Salgado Moreira e Antônio Salgado Moreira
PRODUÇÃO EXECUTIVA Bruna Lima

Laranja Original
Editora e Produtora Eireli

Rua Isabel de Castela, 126
05445-010 São Paulo SP
contato@laranjaoriginal.com.br

DADOS INTERNACIONAIS DE CATALOGAÇÃO NA PUBLICAÇÃO (CIP)
(CÂMARA BRASILEIRA DO LIVRO)

Mira, Cristina
Grãos de prata / Cristina Mira. -- São Paulo : Laranja Original, 2024

ISBN 978-85-92875-85-5

1. Cotidiano 2. Fotografias 3. Literatura brasileira 4. Memórias
I. Título.

24-224657 CDD-B869

ÍNDICES PARA CATÁLOGO SISTEMÁTICO:
1. Literatura brasileira B869
Cibele Maria Dias - Bibliotecária - CRB - 8/9427

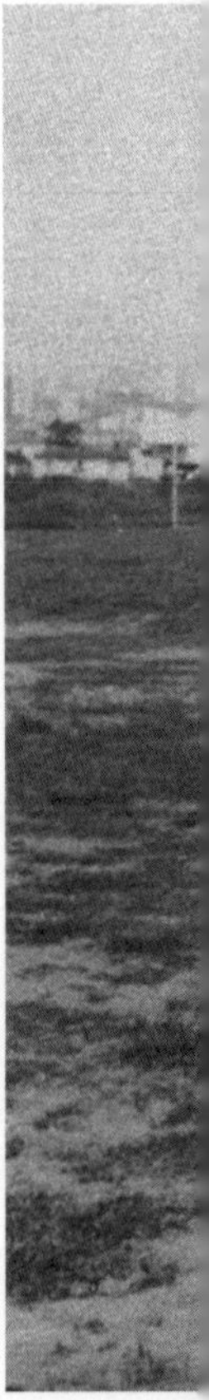

fonte Chronicle Text
papel Pólen Bold 90gr/m^2
Ogra Oficina Gráfica
200 exemplares
2024